Libro ganador del XI Concurso de Álbum Ilustrado A la Orilla del Viento. El jurado estuvo conformado por Anthony Browne, Ricardo Chávez Castañeda, Gustavo Martín Garzo, Satoshi Kitamura y Felicidad Orquín.

Primera edición: 2008

Buitrago, Jairo
    Camino a casa / Jairo Buitrago ; ilus. de Rafael Yockteng. —
México : FCE, 2008
    [32] p. : ilus. ; 23 × 23 cm — (Colec. Los Especiales de A la Orilla del Viento)
    ISBN 978-607-16-0007-3

    1. Literatura Infantil I. Yockteng, Rafael, il. II. Ser. III. t.

LC PZ7   Dewey 808.068 B276c

Distribución mundial

Comentarios y sugerencias:
librosparaninos@fondodeculturaeconomica.com
www.fondodeculturaeconomica.com
Tel. (55)5449-1871. Fax (55)5449-1873

Empresa certificada ISO 9001: 2000

Colección dirigida por Miriam Martínez
Edición: Eliana Pasarán
Diseño gráfico: Gabriela Martínez Nava

© 2008, Jairo Buitrago, texto
© 2008, Rafael Yockteng, ilustraciones

D. R. © 2008, Fondo de Cultura Económica
Carretera Picacho Ajusco 227
Bosques del Pedregal
C. P. 14738, México, D. F.

ISBN 978-607-16-0007-3

Impreso en México • *Printed in Mexico*

Se terminó de imprimir en octubre de 2008 en Impresora y Encuadernadora Progreso, S. A. de C. V. (IEPSA), calzada San Lorenzo 244, Paraje San Juan, C. P. 09830, México, D. F.

El tiraje fue de 5000 ejemplares.

CAMINO A CASA

LOS ESPECIALES DE
A la orilla del viento
FONDO DE CULTURA ECONÓMICA
MÉXICO

Acompáñame de vuelta a casa

para tener con quien hablar
y no dormirme en el camino.

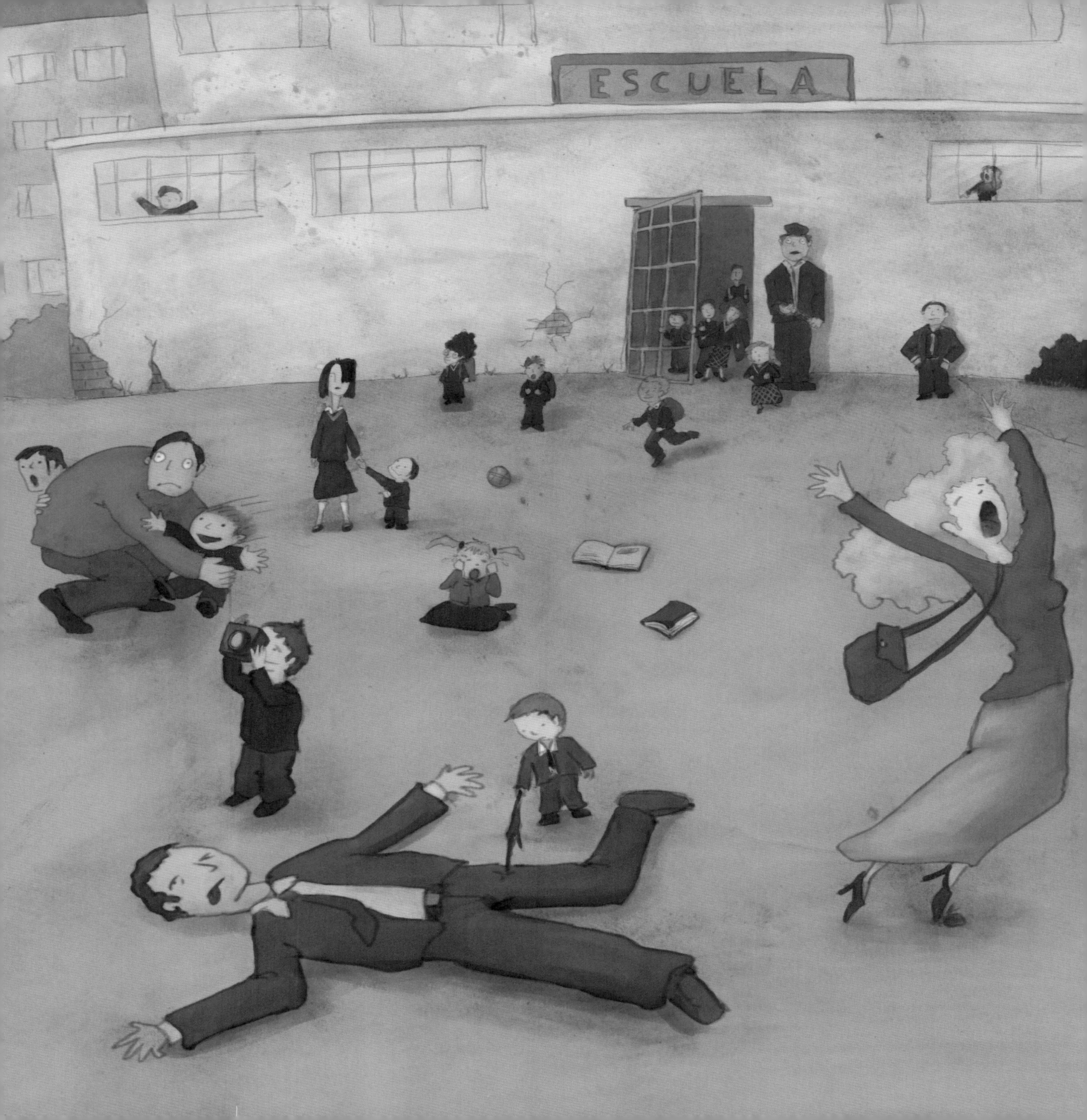
ESCUELA

El largo camino que me aleja de la ciudad.

Vayamos más rápido que todos,

y espérame.

Entremos juntos al barrio,

a la tienda donde ya no tenemos crédito.

Come con nosotros

y, si quieres, espera a que mamá
vuelva de la fábrica.

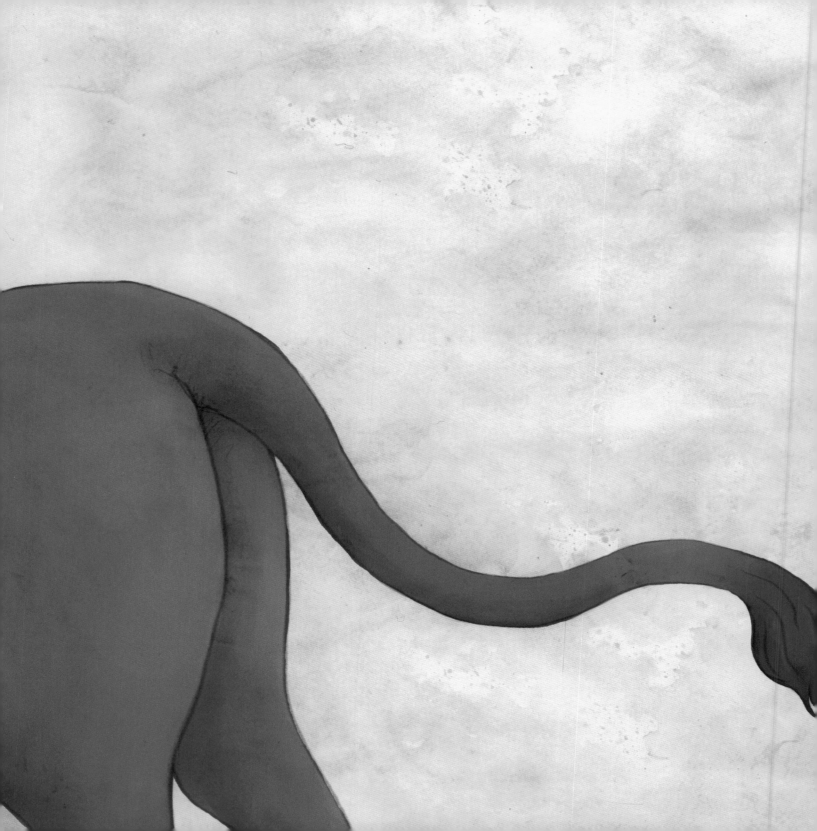

Puedes irte de nuevo, si quieres

pero vuelve cuando te lo pida.

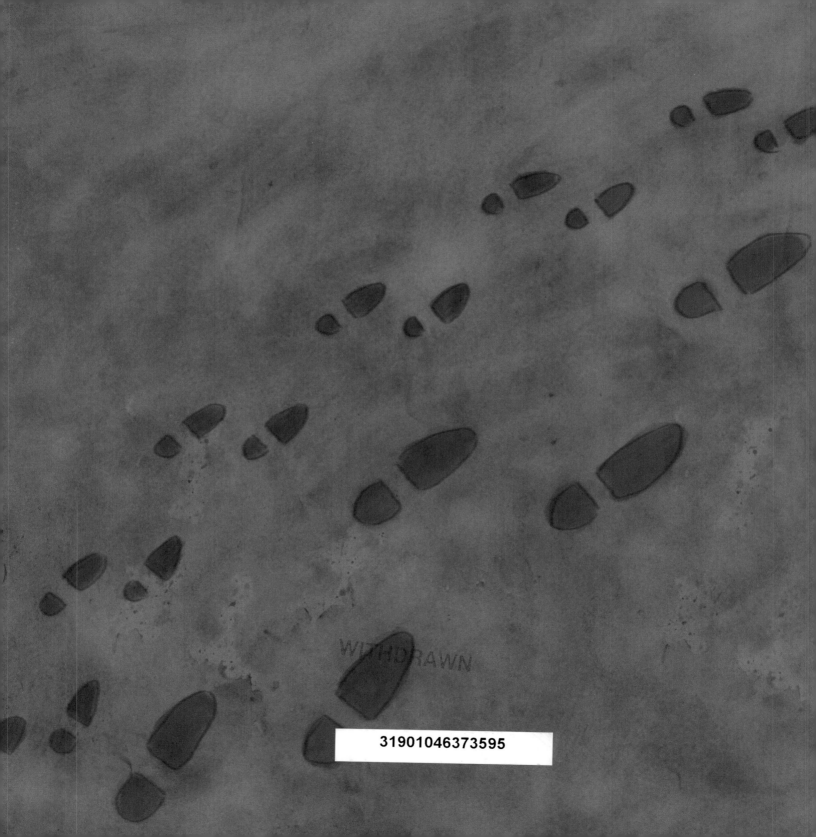